GRANDES CLÁSSICOS

O Essencial dos Contos Russos

© Sweet Cherry Publishing
The Easy Classics Epic Collection: Three Sisters. Baseado na História original de Anton Chekhov, adaptada por Gemma Barder. Sweet Cherry Publishing, Reino Unido, 2021.

Dados Internacionais de Catalogação na Publicação (CIP)
Angélica Ilacqua CRB-8/7057

Barder, Gemma
  Três irmãs / baseado na história original de Anton Tchékhov ; adaptada por Gemma Barder ; tradução de Willians Glauber ; ilustrações de Helen Panayi. - Barueri, SP : Amora, 2022.
  128 p. : il. (Coleção Grandes Clássicos : o essencial dos contos russos)

ISBN 978-65-5530-437-4

1. Ficção russa I. Título II. Tchékhov, Anton III. Willians, Glauber IV. Panayi, Helen V. Série

| 22-6621 | CDD 891.73 |

Índices para catálogo sistemático:
1. Ficção russa

1ª edição

Amora, um selo da Girassol Brasil Edições Eireli
Av. Copacabana, 325, Sala 1301
Alphaville – Barueri – SP – 06472-001
leitor@girassolbrasil.com.br
www.girassolbrasil.com.br

Direção editorial: Karine Gonçalves Pansa
Coordenação editorial: Carolina Cespedes
Tradução: Willians Glauber
Edição: Mônica Fleisher Alves
Assistente editorial: Laura Camanho
Design da capa: Pipi Sposito e Margot Reverdiau
Ilustrações: Helen Panayi
Diagramação: Deborah Taikashi
Montagem de capa: Patricia Girotto
Audiolivro: Fundação Dorina Nowill para Cegos

Impresso no Brasil

TRÊS IRMÃS

Anton Chekhov

amora

Os Prozorovs

Olga Prozorov
Irmã

Masha Prozorov
Irmã

Irina Prozorov
Irmã

Os Prozorovs

Andrey Prozorov
Irmão

Natasha Prozorov
Esposa de Andrey

Fyodor Kulygin
Marido de Masha

Anfisa
Criada dos Prozorovs

O Batalhão

Alexander Vershinin

Barão Tuzenbakh

O Batalhão

Vasily Solyony

Dr. Chebutykin

PARTE UM

CAPÍTULO UM

Olga, Masha e Irina Prozorov eram irmãs. Elas moravam junto com o irmão, Andrey, em uma linda casa em uma cidadezinha. O lugar ficava a um dia de viagem de carruagem de Moscou. No entanto, as irmãs achavam que aquela cidade ficava do outro lado do mundo.

Embora fosse pacífica e amigável, a cidade não se comparava a Moscou, com suas ruas movimentadas, repletas de museus e teatros. A família Prozorov tinha se mudado de lá havia muitos anos, quando o pai se tornara general do batalhão estabelecido na cidade. Mas a mãe faleceu pouco tempo depois, e o pai também, alguns anos mais tarde. As três jovens e o irmão mais novo herdaram a casa.

Neste dia em particular, elas estavam sentindo um misto de alegria e tristeza. Era o vigésimo aniversário de Irina, mas também marcava o primeiro ano da morte do pai.

— Nem acredito que já se passou um ano. Estava nevando no dia do funeral do papai, estávamos nos sentindo terrivelmente tristes. — suspirou Olga.

Ela era a mais velha das três, oito anos de diferença. Depois que os pais morreram, ela passou a agir como uma mãe para os irmãos mais novos. Olga descansou as mãos sobre uma pilha de redações que estava corrigindo.

Por alguns anos, Olga trabalhou na escola local. Até que foi nomeada vice-diretora e suas irmãs disseram o quão orgulhoso o pai teria ficado dela.

— Mas hoje vamos ficar felizes. É o seu aniversário, Irina! Se pelo menos o Andrey parasse de tocar violino e viesse se juntar a nós... Nossos convidados logo estarão aqui — disse Olga, levantando-se da mesa e se espreguiçando.

Irina sorriu. Ela estava parada, olhando pela janela de forma sonhadora, lembrando da vida que tinha quando os pais ainda estavam vivos.

Nesse mesmo instante, Anfisa, a já idosa criada da família, entrou mancando na sala.

Ela carregava um bolo tão grande que mal conseguia enxergar o caminho à frente por cima dele.

— Ah, Irina, o seu bolo de aniversário! E mais uma vez você conseguiu, Anfisa. Parece delicioso! — completou Olga, pegando o prato da mão de Anfisa.

A mulher abriu um sorriso desdentado, acenou com a mão e mancou de volta para a cozinha.

— Masha, venha ver esse bolo! — Olga chamou a irmã.

Masha estava deitada em um sofá do outro

lado da sala de estar, com o nariz quase que apoiado em um dos antigos livros do pai.

— Consigo ver daqui — disse Masha, dando um sorriso curto. — Está lindo, Irina — e voltou para o livro. Olga suspirou.

Das irmãs Prozorovs, Masha era a única casada. Quando tinha dezoito anos, ela acreditava que o atual marido, Fyodor, era um homem inteligente e que tinha uma grande ambição. Ele era professor, assim como Olga. Masha, porém, tinha certeza absoluta de que ele estava destinado a coisas maiores. No entanto, com o passar dos anos, começou a perceber que, na verdade, ela era muito mais inteligente que o marido. Ele era gentil, mas jamais seria algo além daquilo que já era.

A dor de perceber que estava casada com um homem que, no fundo, não amava ou mesmo admirava, deixou Masha cansada e infeliz. Tinha só vinte e três anos de idade, mas sentia como se fosse anos mais velha.

Olga ignorou o desinteresse da irmã e voltou a atenção para Irina.

— Qual é o seu desejo de aniversário, Irina? —, ela perguntou, segurando as mãos da irmã.

Os olhos azuis de Irina brilharam. Ela era a mais nova e esperava uma vida feliz pela frente. — Quero voltar para Moscou! —, respondeu Irina.

Olga riu.

— Ah, Moscou! Esse é um desejo maravilhoso. Éramos todos tão felizes lá com a mamãe e o papai. Sim, voltaremos para a casa em Moscou.

Embora Irina soubesse que Olga estava apenas sonhando, gostava de fingir que aquilo era verdade.

Masha sorriu de forma triste para as irmãs. Ela adorava o otimismo e a alegria delas, mas por dentro se sentia presa. Sabia que mesmo que voltassem a Moscou um dia, ela teria que ficar para trás com o marido.

CAPÍTULO DOIS

Muitos dos oficiais do batalhão do general Prozorov acabaram se afeiçoando à família. O general tinha sido um homem bom e um líder justo. E os oficiais, por sua vez, juraram cuidar da família depois que ele morresse. Na verdade, três velhos amigos do pai estavam se juntando aos Prozorovs a fim de comemorar o aniversário de Irina.

O barão Tuzenbakh era um pouco mais velho que as irmãs. Vinha de uma família importante e, ainda que não fosse tão bonito quanto alguns dos outros oficiais, tinha sempre algo interessante a dizer.

O dr. Chebutykin era o médico do batalhão. Ele tinha sido um bom amigo tanto do general Prozorov quanto da esposa dele. Embora estivesse envelhecendo, permaneceu no exército, além de ficar de olho nos filhos de Prozorov.

Vasily Solyony era um cavalheiro austero. Tinha os cabelos escuros e os olhos negros. E admirava o general Prozorov. Solyony costumava dizer as coisas em voz alta e de maneira impetuosa. Embora as irmãs o achassem um pouco irritante, sempre o convidavam para os eventos na casa, pois ele era um bom amigo do barão.

Os três oficiais entraram na sala trazendo presentes embaixo do braço. Cumprimentaram as irmãs e até Masha se levantou do sofá para dizer olá.

Ela deu um beijo cordial em cada bochecha do médico e o levou até uma cadeira confortável.

— Espero que não se importe, Olga. Convidei o novo tenente para se juntar a nós — disse o barão.

As irmãs trocaram olhares. Era difícil conhecer gente nova naquela cidade tão pequena. Quando isso acontecia, era sempre um evento empolgante.

— Apresento a vocês Alexander Vershinin. Embora acredite que vocês já tenham se conhecido — disse o barão.

Alexander Vershinin parecia ter trinta e poucos anos. Era alto, tinha um rosto bonito e gentil.

— Sinto muito, tenente. Receio não me lembrar de você — disse Olga, sorrindo.

Alexander sorriu de volta.

— Éramos jovens demais na época. Seu pai era o general do meu batalhão em Moscou.

— Moscou! Você é de Moscou? — perguntou Irina ofegante.

— Sim. Eu não morava muito longe de vocês. Fiquei bastante triste ao saber da morte do general Prozorov — respondeu Alexander.

A sala de estar foi tomada por

um momento de silêncio antes que
Solyony pudesse ser ouvido, quase
gritando para pedir uma bebida e
perguntando quando o almoço seria
servido. Solyony se sentia estranho em
momentos tão emotivos como aquele
e, por isso, muitas vezes os preenchia
com a própria voz. Olga, Irina e o
barão foram até ele para conversar.

— Eu me lembro de você —
Alexander disse a Masha. Ela olhou
seus profundos olhos castanhos.

— Eu também me lembro de você.
— Acho que Olga e eu lhe demos um
apelido. Passamos a chamá-lo de
Major Doente de Amor!

Alexander riu.

— Ah, sim! Você me provocou por estar apaixonado por uma garota do bairro.

Masha se viu rindo também. Ela notou que era a primeira vez que, em dias, ela ria.

— E você se casou com a tal garota? — perguntou Masha.

Alexander parou de rir e o rosto dele de repente ficou sério.

— Ah, não — ele disse. — Mas agora sou casado. Tenho duas lindas garotinhas.

Masha achou que isso devia ser algo que todo marido e pai ficava feliz em falar. Mas Alexander pareceu dizer aquilo quase que com tristeza.

CAPÍTULO TRÊS

Anfisa enfiou a cabeça na sala para anunciar que o almoço estava pronto. Os convidados conversavam alegremente ao se dirigirem à sala de jantar. E podiam ouvir o som de um violino sendo tocado.

— É o Andrey — disse Olga, apontando para uma porta que dava para a sala de música do irmão. — Ele é muito talentoso, mas se empolga tanto com a música que esquece o passar das horas! — Olga bateu à porta e a música parou.

Um jovem com cabelo revolto enfiou a cabeça para fora do cômodo. Ele pareceu um pouco assustado ao ver o grupo no corredor.

— Ah! Já está na hora? — Andrey disse enquanto saía para se juntar ao grupo, com o violino e o arco ainda na mão.

— Perdoe-me, Irina! Já estou indo.

Andrey correu de volta para a sala de música, a fim de pegar o paletó e ajeitar o cabelo.

— Seu irmão era muito pequeno quando o vi pela última vez — disse Alexander ao se sentar ao lado de Masha na longa mesa de jantar. — Nunca imaginei que ele se tornaria músico.

De repente, Fyodor irrompeu na sala.

— Lamento não ter vindo antes! Vocês devem ter imaginado que eu estava extremamente ocupado. É que eu acabei não me dando conta da hora!

O pequeno balão de felicidade que Masha estava enchendo desde que havia começado a conversar com Alexander pareceu explodir assim que o marido entrou na sala.

— Onde está minha querida esposa? Ah! Aí está você! — ele riu enquanto se sentou do outro lado de Masha e foi apresentado a Alexander. Masha gelou quando Fyodor a beijou na bochecha.

Até que a última convidada chegou, olhando pela porta da sala como se não tivesse certeza se deveria ou não estar ali. Natasha era uma jovem da cidade. Ficou claro que ela não estava acostumada a frequentar uma casa tão grande ou almoçar com oficiais.

Natasha tinha sido convidada por Andrey. Eles se conheceram na cidade pouco depois da morte do general Prozorov. Andrey estava particularmente triste naquele dia e Natasha o animou. Desde então, ele ficou perdidamente apaixonado pela jovem.

Olga se levantou da cadeira para cumprimentá-la.

— Natasha, que bom ver você — disse, conduzindo-a até a mesa. — Muito... original a cor do vestido que você está usando.

O rosto de Natasha ficou vermelho. Ela olhou para o vestido verde brilhante com o decote cheio de babados que usava.

— É mesmo? Achei que seria bom usá-lo para um almoço — disse, afobada.

Olga a olhou de cima a baixo.

— Está perfeitamente bem para hoje.

Natasha deslizou para o assento vazio ao lado de Andrey. E não conseguia falar com ele, estava muito envergonhada pela escolha do vestido. Ela olhou para as três irmãs, que usavam vestidos finos de musselina clara, com gola alta e detalhes simples. Ela se destacava como se fosse uma decoração de Natal barata em meio a um monte de penas.

CAPÍTULO QUATRO

Enquanto Anfisa servia o almoço para os convidados, o barão disse:

— Bem, sobre o que vamos conversar durante nossa refeição?

— Gostaria de dizer o quanto me sinto feliz por estar com todos vocês depois de tanto tempo — disse Alexander, erguendo o copo. — Há cinco anos eu jamais seria capaz de imaginar isso.

O barão bateu com a mão à mesa.

— É isso! O tenente não podia imaginar a vida que estava levando cinco anos atrás. Então, vamos falar sobre como gostaríamos que as nossas vidas estivessem daqui a cinco anos.

O grupo ficou em silêncio enquanto comia e pensava nas respostas. Irina e Olga foram as primeiras a falar. Declararam que gostariam de voltar

a Moscou, morando na antiga casa, cercadas por amigos tão adoráveis quanto os que tinham aqui.

O médico riu, feliz por ainda estar vivo. Já o barão declarou que tudo o que ele teria em cinco anos seria resultado do que estava fazendo agora.

Fyodor declarou que em cinco anos desejava ser exatamente como era naquele instante. Isso fez o coração de Masha se afundar no peito. Ela sentiu que seria ainda mais infeliz caso nada mudasse na sua vida nos próximos cinco anos, embora não tenha dito isso em voz alta.

Solyony se recusou a responder. Para ele, a discussão era tola e sem sentido.

Até que Alexander se levantou.

— Não posso dizer o que vai acontecer nos próximos anos, mas uma coisa eu aprendi. — Ele então olhou para Masha, depois se voltou para os demais. — Precisamos tentar viver como se o passado fosse um ensaio para as nossas vidas no presente. Para aprender com nossos erros e tentar não cometê-los de novo.

A sala ficou em silêncio. Alexander falou de um jeito que até mesmo Solyony, alguém que raramente valorizava as opiniões de outras pessoas, foi forçado a ouvir.

— Como alguns de vocês sabem, minha esposa não está bem. Mas eu tenho duas filhas adoráveis e por elas eu não mudaria nada. Tenho muito do que reclamar, mas, ao mesmo tempo, muito pelo que ficar feliz também. Então, feliz aniversário, Irina, e obrigado a todos por me receberem hoje aqui.

E diante disso, todos cantaram "Parabéns pra você" e brindaram com alegria.

Conforme o almoço se seguiu, Andrey notou que Natasha não estava como sempre tinha estado perto dele. Quando ficavam a sós, Natasha era muito mais confiante e conversava o tempo todo com Andrey. Mas ali ela mal abria a boca. Andrey sabia que suas irmãs achavam que ela não estava à sua altura. Natasha não vinha de uma família rica nem sabia se vestir em ocasiões formais. Mas nada daquilo importava para Andrey. Aos olhos dele, ela era perfeita. Natasha era cheia de vida e Andrey tinha certeza de que ela o faria feliz pelo resto da vida.

— Natasha, qual é o problema? — ele perguntou baixinho, para não chamar a atenção dos demais convidados.

Natasha começou a chorar e respondeu baixinho:

— Suas irmãs e as amigas delas. O barão, aquele médico, todos eles me desprezam. Riem de mim!

Gentilmente, Andrey pegou Natasha pelo braço e a levou para fora da sala de jantar. Os dois se sentaram juntos em uma pequena sacada que tinha vista para os jardins.

— Minha querida, tenho certeza de que isso não é verdade.

— É, sim! — afirmou Natasha, de forma intensa. Agora que estavam a sós, a confiança dela voltou. Quando eram só os dois, Natasha sentia que eram iguais. — Você aceita que elas mandem em você e não vai demorar muito para que elas peçam para não nos vermos mais!

Andrey balançou a cabeça. Depois, remexeu nos bolsos da jaqueta e tirou um lindo anel de diamante, que brilhou ao sol da tarde.

— Ninguém pode me dizer o que fazer — disse ele, sério. — Este anel era da minha mãe. E eu gostaria que fosse seu. Você quer se casar comigo, Natasha?

Natasha olhou para o anel. Sabia que, como esposa de Andrey, ela se tornaria igual às

irmãs dele. Seria rica e viveria em uma casa grande. Então, pegou o anel e o colocou no dedo.

— Sim! — ela respondeu.

CAPÍTULO UM

Dois anos se passaram. Andrey e Natasha se casaram e ela foi morar com ele e as irmãs. Em pouco tempo tiveram um filho, um menino chamado Bobik. Natasha adorava o garotinho e se preocupava com as necessidades dele acima de qualquer coisa.

Certa noite, enquanto estavam sentados na sala vendo o pôr do sol e tomando chá, Natasha suspirou. Andrey já tinha notado que a esposa vinha suspirando demais nos últimos tempos. E isso normalmente acontecia antes que ela começasse a reclamar de alguma coisa. E naquela noite não foi diferente.

— Mais um dia lindo e o quarto do nosso pequeno Bobik continua gelado — disse ela. — Não acho justo que o quarto da Irina esteja sempre quente e ensolarado, enquanto o meu bebê está tremendo de frio no berço.

Andrey esfregou a testa. Desde que Natasha havia se mudado para a casa dos Prozorovs, ela fazia pequenas mudanças aqui e ali. A primeira foi insistir para que ela e Andrey ficassem no antigo quarto dos pais dele, de longe, o maior da casa. Antes disso, ninguém queria mexer nos pertences do general Prozorov. E agora o quarto parecia completamente diferente.

Natasha também havia se apoderado de Anfisa, mandando nela muito mais do que Olga ou Irina jamais fariam. E agora ela queria que Irina mudasse de quarto para dar lugar ao pequeno Bobik.

— Minha querida, preciso lembrar você de que esta casa também pertence a Olga e Irina. E, na verdade, também a Masha — disse Andrey um tanto cansado.

Irritada, Natasha se levantou.

— Olga e Irina não têm bebês para se preocupar, e Masha não mora aqui!

— ela acrescentou enfurecida: — É que ela fica tanto nesta casa, que realmente alguém poderia acreditar que ela mora aqui.

Anfisa entrou na sala antes que Andrey pudesse responder. Ela estava carregando um grosso bloco de papéis.

— Chegaram para o senhor — ela disse, colocando os papéis na mesa de Andrey. O móvel costumava ser de Olga, para que ela corrigisse os trabalhos dos alunos, até que Natasha sugeriu que seria melhor se ela o fizesse no próprio quarto.

— Mais trabalho do conselho distrital — suspirou Andrey.

Ansioso, ele encarou o violino. O instrumento estava apoiado em um canto da sala de estar juntando poeira. Quando Bobik nasceu,  Natasha sugeriu que trabalhar no conselho seria uma função muito mais respeitável para um pai de família do que tocar violino. E ela olhou para aquele monte de papéis com alegria.

— Bem isso deve significar que eles não podem ficar sem você! Agora, vou ver se o Bobik já acordou.

Andrey abriu o documento e o folheou, desinteressado. Ele achava seu trabalho chato. Ele ainda amava muito Natasha, e ser pai era tudo o que ele poderia desejar, mas sentia falta de tocar violino.

Anfisa voltou para a sala com uma xícara de chá e os biscoitos favoritos de Andrey em uma bandeja.

— Obrigado. Vou cuidar disso na minha sala de música, quero dizer, no meu escritório — disse ele, levantando-se e colocando o documento debaixo do braço.

CAPÍTULO DOIS

Olga e Irina estavam animadas. Todo ano, um grupo de músicos visitava a pequena cidade e eles sempre eram convidados para ir à casa dos Prozorovs, a fim de fazer uma apresentação particular.

Assim que Olga voltou da escola, as irmãs começaram a transformar a sala para um pequeno concerto. E estavam tão ocupadas arrumando as cadeiras e discutindo onde cada músico ia se sentar, que nem perceberam Masha e Alexander chegarem.

— Olhe só para as minhas irmãs! — disse Masha, contente. — Este é um dos dias de que elas mais gostam. Faz com que se lembrem de Moscou. Recepcionávamos concertos assim o tempo todo, você lembra?

Alexander concordou com a cabeça.

— Sim, sua mãe gostava muito.

Nos últimos dois anos, Masha e Alexander se tornaram bons amigos. Gostavam dos mesmos livros e artistas, de caminhar juntos no parque. Depois de algum tempo, Alexander contou para Masha tudo sobre sua esposa e suas frequentes discussões.

Masha descobriu que gostava muito mais de passar seu tempo com Alexander do que com o próprio marido, Fyodor. Eles tinham mais em comum e Alexander a fazia rir, algo que Fyodor nunca foi capaz de fazer.

— Mamãe e papai gostavam de música. Era como se eles estivessem destinados a ficar juntos, tinham tanta coisa em comum... — disse Masha.

— Assim como nós — disse Alexander baixinho. Então, depois de uma pausa demorada, ele continuou:
— Ah, Masha, acho que já deve saber que sou apaixonado por você.

O coração de Masha disparou. Ela sequer ousaria achar que Alexander pudesse estar apaixonado por ela tanto quanto ela por ele. E antes que Masha pudesse responder, foi interrompida pelo barão Tuzenbakh, que entrou na sala de estar batendo palmas alegremente.

— Mas que arrumação perfeita! — exclamou.

— Sim — disse Masha, juntando-se às irmãs. — Vocês fizeram um trabalho maravilhoso. Vamos tomar um chá enquanto esperamos os convidados chegarem?

Alegre, o grupo se sentou nos sofás que haviam sido empurrados contra uma parede ao fundo. Anfisa levou chá e bolo, que Olga serviu. Ela insistiu para que Anfisa ficasse ali e tomasse chá com eles. A senhora, que nunca tinha se casado, estava com a família Prozorov havia quase vinte anos e conhecia as irmãs desde pequenas. Elas a viam como uma amiga da família e tentavam não lhe dar tantas funções, ainda mais agora que estava mais velha, ao contrário de Natasha.

— Ah, se todo dia pudesse ser assim! — disse Irina, servindo uma fatia de bolo para o barão.

— E o que posso fazer para que isso se torne uma realidade? — disse ele. — Vou pedir a cem músicos que venham se apresentar para você se isso a deixar feliz!

Todos riram do barão. Ao longo dos anos, ele passou a amar Irina e não tinha vergonha de deixar que ela, ou qualquer outra pessoa, soubesse disso.

— Não preciso de cem músicos — respondeu Irina, sorrindo. — Se você pudesse ajudar meu pobre irmão, isso já me deixaria feliz. Masha, você sabia que ele voltou a apostar?

Masha apoiou a xícara. E não ficou surpresa ao saber que Andrey estava jogando. Embora o irmão nunca admitisse, Masha sabia que ele estava infeliz.

— Será que devemos contar para a Natasha? — perguntou Olga.

Masha balançou a cabeça.

— Se o assunto não tiver qualquer relação com o Bobik, ela não vai se interessar.

Um silêncio constrangedor se abateu sobre o grupo, que refletia sobre Natasha e Andrey. Mas foi a própria Natasha que o interrompeu, ao entrar furiosa na sala.

— Acabou de chegar este bilhete para o tenente Vershinin — disse ela. — *Eu mesma* tive que atender a porta e agora estou entendendo o porquê!

— Natasha olhou para Anfisa. — É *seu trabalho* atender a porta. Nós não pagamos você para sentar e tomar chá com bolo, sua velha preguiçosa!

Olga se aproximou de Anfisa enquanto a empregada se esforçou para ficar de pé e se desculpar.

— Você não tem do que se desculpar — disse Olga. — Natasha, essa mulher mora nesta casa e faz parte desta família há mais tempo que você. Portanto, trate-a com respeito.

Com a discussão, Masha se distraiu e parou de prestar atenção em Alexander. Ele estava lendo o bilhete que Natasha lhe entregara, e foi ficando pálido.

— É a minha esposa — disse. — Ela deixou as crianças sozinhas de novo. Preciso ir para casa.

Masha viu a tristeza de Alexander ao sair da sala. Ela queria ajudá-lo, e, mais que isso, desejou poder se casar com ele.

CAPÍTULO TRÊS

Mais tarde, naquela mesma noite, os músicos chegaram e começaram a montar os instrumentos na sala de estar. Irina circulou entre eles, certificando-se de que não precisavam de mais nada.

Solyony e Chebutykin haviam se juntado à festa, e até mesmo Andrey tinha ficado feliz com tal desculpa para que pudesse se ausentar do trabalho. Masha encarou a porta, na esperança de que Alexander voltasse.

Olga tentou convencer Anfisa a ficar para a apresentação, mas ela estava muito cansada e foi dormir. Se Natasha estivesse ali, em vez de ficar no andar de cima cuidando do filho, ela teria insistido para que Anfisa ficasse, a fim de servir vinho para os convidados. Em vez disso, Olga levou suco de maçã a eles.

Logo chegou a hora da apresentação. A música começou de forma suave, com lindas canções folclóricas russas.

Quando a música favorita da mãe e do pai deles começou a tocar, as irmãs sorriram uma para a outra e para Andrey. No entanto, as lembranças de uma época mais feliz logo foram destruídas.

— Parem! Isso precisa parar!

Foi Natasha quem gritou. Ela estava em pé, na porta, com o rosto vermelho de raiva. Os músicos pararam de tocar imediatamente e olharam confusos para Irina e Olga.

— A música está alta demais. O pequeno Bobik não consegue dormir e está com febre — disse Natasha. — Receio que o concerto tenha que acabar. E agora!

Masha se levantou.

— Bobik estava bem quando brinquei com ele hoje à tarde — ela disse.

Natasha cruzou os braços.

— Então talvez tenha sido você quem passou alguma coisa para ele!

Andrey colocou a mão no braço da irmã para impedi-la de dizer qualquer coisa à sua esposa.

— Se o bebê estiver mesmo doente,

precisamos acabar com a apresentação — disse ele.

Irina e Olga pareciam tão desapontadas que Masha achou que elas seriam até capazes de chorar.

O médico se ofereceu para dar uma olhada em Bobik, mas Natasha o dispensou.

— Sou perfeitamente capaz de cuidar do meu filho sozinha. Ele só precisa dormir.

Enquanto os músicos desmontavam os instrumentos, Olga se desculpou com eles. Irina foi para o quarto aos prantos e os oficiais saíram da sala.

— Tem certeza de que não quer que eu fique? — perguntou o médico

Chebutykin a Andrey, que balançou a cabeça. — Eu conheço um lugar onde podemos jogar cartas e não é muito longe daqui. Vamos?

Andrey olhou ao redor da sala para se certificar de que a esposa havia saído. Se ela o visse, com toda certeza insistiria para que ele ficasse e a ajudasse com o bebê. Certo de que o caminho estava livre, saiu com o médico.

A sala de estar parecia fria e vazia. Irina tinha passado a última hora no quarto choramingando. Quando voltou para o andar de baixo, viu que todos os convidados tinham ido embora e Olga já fora se deitar. A casa não tinha voltado ao normal e Irina olhou triste para o salão de concertos.

— Irina? — disse uma voz. Era Solyony. — Desculpe incomodá-la.

— Achei que todo mundo já tivesse ido embora — disse ela, um pouco surpresa ao vê-lo ali.

— Esperei que todos saíssem. Queria falar com você a sós — disse Solyony. Ele pigarreou e ajeitou a gravata do uniforme. — Irina, acho que você e eu devíamos nos casar.

Ela ficou em choque. Não achava que Solyony gostasse dela, muito menos o suficiente a ponto de querer se casar com ela.

— Eu... eu não entendo — disse Irina.

— Eu sei. — Solyony sorriu. — Pode parecer estranho. Afinal, eu nem a convido para dançar. Acho isso uma perda de tempo. Se você gosta de alguém, deve simplesmente dizer que gosta. E, por favor, acredite em mim quando eu digo que a amo imensamente. Eu mataria qualquer homem que ficasse no caminho do nosso casamento.

Irina cobriu o rosto com as mãos. Um pedido de casamento era a última coisa que ela imaginava que aconteceria naquela noite. Vindo de Solyony era algo ainda mais inesperado.

— Eu... não consigo pensar em uma resposta agora — disse Irina. Ela sentiu as lágrimas fazerem o fundo de seus olhos arder. — Por favor, vá embora, Solyony. Por favor. — E ao dizer aquilo, ela percebeu que jamais poderia aceitá-lo como marido.

Solyony fez uma reverência educada a Irina, sem demonstrar qualquer emoção no rosto. Então, saiu da sala como se estivesse sendo dispensado pelo general, e não pelo amor da vida dele.

— Ah! Achei que todo mundo já tivesse ido embora! — disse Natasha, que estava de camisola na porta, e pareceu envergonhada quando Solyony passou por ela. — Estou feliz por você estar acordada, Irina. Preciso conversar com você sobre uma coisa.

Irina olhou para a cunhada com ódio. Natasha havia arruinado uma das únicas noites de todo o ano que fazia feliz a vida naquela cidade minúscula.

— Gostaria de saber se você poderia trocar de quarto com o Bobik — disse ela. — Melhor ainda seria você se mudar para o quarto da Olga e dormir com ela. Receio que Bobik esteja sempre resfriado por causa do frio. Seu quarto é sempre tão quentinho...

Por mais que não gostasse de Natasha, Irina amava o sobrinho. Em silêncio, ela concordou e saiu da sala.

PARTE TRÊS

CAPÍTULO UM

Todos os pensamentos em relação ao concerto particular foram esquecidos quando um terrível incêndio devastou a cidade algumas semanas depois. As chamas se espalharam rapidamente, atingindo o quartel. Na noite do incêndio, Olga, Irina e Andrey abriram as portas da casa dos Prozorovs para os oficiais que haviam perdido seus aposentos no incêndio.

O quarto de Olga e Irina foi transformado em um dormitório

temporário. O barão cochilava em uma poltrona próxima da lareira, enquanto Olga, Masha e Irina dobravam os cobertores com Anfisa, a fim de serem distribuídos pela cidade. Fyodor adormecera no chão,

próximo da porta. Ele tinha ajudado
a esvaziar a escola que poderia ser
atingida pelo fogo e acabou dormindo
ali mesmo, exausto.

— Que noite horrível! — exclamou
Irina.

— É noite ou já amanheceu?
— perguntou Olga. — Estou tão
cansada que nem sei dizer! Masha, os
Vershinins estão acomodados?

Masha assentiu. A casa de
Alexander tinha sido destruída pelo
fogo e a família dele agora estava
em um dos quartos de hóspedes.

— Anfisa, preciso de você na
cozinha — retrucou Natasha.

A senhora, exausta pelas horas que tinha ficado acordada, moveu-se lentamente pela sala. Quando saiu, Natasha disse:

— Está na hora de nos livrarmos dessa mulher.

Olga quase deixou cair o cobertor que segurava.

— Isso está fora de cogitação! — disse ela.

— Ela não serve mais para nós. — Natasha suspirou. — Não posso ter pessoas inúteis bagunçando a casa.

Olga estava tão cansada e com tanta raiva que quase chorou. Ela sequer tinha forças para argumentar.

— Você precisa entender, Olga — disse Natasha, como se estivesse falando com o filho Bobik, e não com a cunhada. — Você passa o dia inteiro na escola, trabalhando. Eu fico em casa. Preciso cuidar da casa e da forma como ela é administrada.

Antes que Olga pudesse responder, o médico Chebutykin entrou cambaleando.

— Perdido! Está tudo perdido! — ele gritou, antes de se jogar na cama de Olga. Era evidente que o médico estava exausto

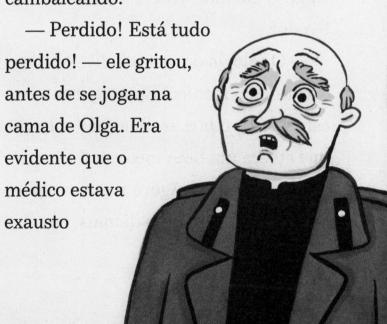

depois da longa noite. E ele parecia não estar se sentindo bem.

— Sua casa foi destruída, doutor? — perguntou Irina, preocupada. — Você é bem-vindo para ficar aqui conosco.

O médico se sentou meio vacilante e derrubou um pequeno relógio que sempre ficava ao lado da cama de Olga. O barulho acordou o barão e Fyodor.

— O relógio da sua mãe! — exclamou o médico. Ele suspirou e esfregou os olhos. — Sua mãe achava que eu era um bom médico. E *eu era* um bom médico. Agora não sirvo para ninguém. Estou velho demais.

Fyodor ficou em pé. Era hora do médico ir dormir.

— Venha, doutor — disse ele com gentileza. — Nós temos um quarto na nossa casa onde o senhor pode ficar.

Chebutykin deu um tapinha no braço de Fyodor.

— Você é um homem muito querido. Não sei por que sua esposa prefere a companhia de Vershinin à sua!

Por um instante, a sala ficou em completo silêncio. Embora nunca tivessem falado sobre o assunto, as irmãs sabiam que Masha e Alexander eram muito apaixonados um pelo outro. No fundo, Fyodor também sabia. Entretanto, ele sorriu para o médico e respirou de maneira profunda.

— Acho que esta noite exaustiva deve ter mexido com a sua cabeça! — disse ele, dispensando o comentário.
— Vamos para a cama.

CAPÍTULO DOIS

A noite do incêndio se arrastou. Cada novo recém-chegado à casa dos Prozorovs levava consigo uma nova história. O prédio da escola não havia sido incendiado. No entanto, os escritórios do conselho foram todos destruídos. O quartel do exército tinha desaparecido e os soldados estavam espalhados, sendo abrigados por diferentes famílias pela cidade.

Ainda que não houvesse mais nada a ser feito por parte das irmãs, elas pareciam não conseguir dormir. Os olhos de Masha brilharam quando Alexander bateu à porta e entrou no quarto de Olga e Irina.

— Imaginei que vocês estivessem acordadas — disse ele.

— Entre, tenente — disse Olga. — Nosso quarto está aberto a todos, como pode ver! — Olga apontou para o canto onde o barão ainda dormia, tanto o uniforme quanto o rosto dele estavam sujos de fuligem.

Alexander se aproximou de Masha. Ela desejou poder

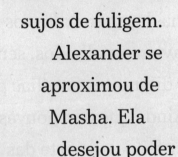

segurar a mão dele e repousar a
cabeça no ombro.

— Sua família está acomodada? — perguntou a ele.

Alexander assentiu.

— Minha esposa não entende o que está acontecendo — disse, com tristeza. — Mas agora ela está dormindo e as meninas deitaram-se, cada uma de um lado dela.

Masha olhou para baixo. Subitamente ela se sentiu muito culpada. Quando estava com Alexander, tentava esquecer o fato de que ele tinha uma família.

— Devem se sentir seguras ao lado da mãe — disse ela.

— Acho que não — respondeu Alexander. — Às vezes, ela se esquece das meninas e sai de casa. Uma vez esqueceu até de vesti-las, e elas passaram o dia todo de pijama.

Masha sentiu pena da esposa de Alexander. Ela não estava bem e não era culpa dela agir da forma como agia. Masha pegou a mão de Alexander e a segurou por um momento.

— É hora de irmos para casa — disse Fyodor à esposa. Depois de acomodar o médico em casa, ele tinha voltado para buscá-la.

Alexander deu um adeus silencioso para Masha e saiu da sala, a fim de se juntar à esposa e às filhas.

— Você é uma pessoa tão carinhosa, Masha — disse Fyodor. — O tenente Vershinin tem muito trabalho. É bom para ele tê-la como amiga.

Masha não suportava ouvir o marido falar de maneira tão gentil sobre ela. Sabia que estava sendo injusta com ele pelo fato

de estar apaixonada por outra pessoa. Ela tinha certeza de que o marido sabia disso, mas ele se limitava a elogiá-la.

— Tenho tanta sorte, não acha, Irina? Olga? — Fyodor empurrou um pouco os óculos para cima do nariz. Olga e Irina se entreolharam, sem saber o que responder. — Nem sei dizer em palavras o quanto eu amo você, Masha.

Cada uma das palavras de Fyodor a atingiu como se fosse um tijolo. Ela se sentia sufocada, infeliz e ao mesmo tempo culpada. O trauma daquela noite e da madrugada borbulhava dentro dela.

— Mas estou tão entediada! Tão infeliz — gritou ela.

Chocado, Fyodor olhou para a esposa. Como ele não disse nada, Olga se aproximou dele.

— Foi uma noite muito longa — disse ela, gentilmente. — Masha está exausta. Tente não prestar muita atenção no que ela está dizendo.

Fyodor concordou. E encarou a esposa, que agora estava chorando sobre as próprias mãos.

— Talvez Masha possa dormir aqui esta noite — sugeriu Irina. — Podemos colocar uma cama no nosso quarto. Será como quando nós éramos meninas.

Fyodor achou boa a ideia.

— Sim — disse ele, saindo em silêncio da sala. — Talvez você esteja certa.

CAPÍTULO TRÊS

Carregando travesseiros e cobertores para arrumar a cama de Masha, Irina subiu os degraus até o quarto que dividia com Olga. Estava tão cansada, que poderia ter se deitado na escada e adormecido ali mesmo.

— Posso ajudá-la? — perguntou o barão. — Eu estava de saída para saber se posso ajudar em alguma coisa na cidade.

Irina sorriu e entregou os cobertores a ele.

— Obrigada — disse ela. — Anfisa me disse que o fogo está quase apagando.

O barão confirmou.

— Uma boa notícia. Mas, ainda assim, sem o nosso quartel, não sei por quanto tempo o batalhão poderá continuar na cidade. Não podemos dormir no chão das casas das pessoas para sempre.

Irina ficou chocada. Os oficiais do batalhão eram seus amigos mais antigos. Se eles deixassem a cidade, o lugar ficaria tão vazio.

— Irina, eu queria conversar com você a sós e agora me parece uma boa hora — disse o barão, largando os cobertores e segurando a mão dela. — Já deve saber que estou apaixonado por você. Eu me apaixonei por você no seu vigésimo aniversário. Estava tão feliz e despreocupada naquela época.

Irina engoliu em seco. O barão nunca havia disfarçado o fato de que a amava, porém, naquele momento, o rosto dele estava sério. E ela sabia o que estava prestes a acontecer.

— Eu vou deixar o exército e voltar para a minha família em Moscou. Minha casa é grande e acredito que você seria feliz lá — disse ele.

Ao ouvir a palavra "Moscou", um sorriso se estampou no rosto dela.

— Irina, estou pedindo para que você seja a minha esposa.

— Obrigada, barão — disse Irina de forma educada.

Aquele não tinha sido o primeiro pedido de casamento que ela havia recebido; ainda que tenha sido a primeira que ela cogitou aceitar. Ela não se imaginava apaixonada pelo barão, no entanto, gostava muito dele. Era um homem gentil e estava se oferecendo para levá-la de volta a Moscou. A cabeça dela doía, tamanha confusão de pensamentos.

— Está muito tarde e eu estou cansada demais para lhe dar uma resposta agora. Mas vou pensar no seu pedido. Eu prometo. — Irina apertou a mão do barão e sorriu.

Ele sorriu de volta e a ajudou a arrumar a cama de Masha antes de sair. Por fim, as irmãs ficaram sozinhas.

— Que noite — disse Olga, caindo pesadamente na cama. Ela se sentia velha e cansada.

Depois de um momento de silêncio, Irina disse:

— O barão me pediu em casamento.
— Em choque, Olga endireitou-se e Masha pulou da cama.

— E que resposta você deu a ele? — perguntou Masha.

— Eu disse que ia pensar no caso — respondeu Irina.

As três irmãs estavam empoleiradas na cama de Olga com Irina sentada no meio. Olga e Masha pegaram cada uma das mãos dela.

— Acho que você deveria dizer sim! — exclamou Olga. — Ele a ama demais, é um bom homem e vem de boa família.

— Mas você o ama? — perguntou Masha. — Precisa ter certeza de que o ama antes de dizer sim.

Irina balançou a cabeça levemente, sem saber como responder à pergunta de Masha. Ela achava que não sabia o que era o amor.

— Sempre imaginei que, um dia, voltaríamos a Moscou e que eu encontraria o meu verdadeiro amor lá — disse Irina, rindo da ideia.

— Amor não é a coisa mais importante em um casamento —

disse Olga. — Os dois precisam querer as mesmas coisas e ser capazes de cuidar um do outro. Se eu tivesse sido pedida em casamento e tivesse um marido, gostaria que ele fosse um homem tão bom quanto o barão. Aprenderia a amá-lo.

Mas Masha discordou.

— Ah, Olga! Como você pode dizer uma coisa dessas? Você nunca se casou e, por isso, não tem ideia de como é horrível ser esposa de um homem que você não ama!

Olga se levantou e se afastou das irmãs. Embora as palavras de Masha fossem verdadeiras, ainda a incomodava ser lembrada como aquela que não era casada.

— Mas eu sei — disse Masha, com tristeza. Ela respirou fundo e olhou para as irmãs. Afinal, nunca tinha dito aquelas palavras em voz alta antes. — E sei porque eu não amo Fyodor. Eu amo Alexander.

PARTE QUATRO

CAPÍTULO UM

O sol brilhava por entre as árvores, deixando a luz pairar sobre o gramado do lado de fora da casa dos Prozorovs.

O incêndio que havia devastado a cidade um mês atrás agora parecia uma memória distante. As pessoas começavam a reconstruir as casas, porém, exatamente como o barão havia previsto, o batalhão estava se preparando para deixar a cidade.

Olga sentiria muito a falta dos amigos, especialmente porque Irina

também estava prestes a partir – no fim das contas, ela ia se casar com o barão e se mudaria para Moscou.

Por dias a fio, Irina pensou no pedido de casamento feito pelo barão. Até que, finalmente, ela acabou concordando com Olga no fato de que o barão era um homem gentil e que cuidaria dela. Tinha a certeza de que, com o tempo, o amor por ele cresceria e os dois poderiam ser felizes juntos.

Fyodor e Masha estavam no jardim tomando chá com Irina. Ele tinha ido ao jantar de despedida do batalhão na noite anterior e estava contando às irmãs como tinha sido.

— Claro que o barão e Solyony tiveram a discussão de sempre — disse Fyodor. — O barão quer que os dois sejam amigos, mas Solyony não concorda.

Irina parecia preocupada.

— Por quê? Não é possível que Solyony ainda esteja apaixonado por mim. Já faz tanto tempo!

Fyodor deu de ombros e tomou mais um gole do chá.

— Não consegui ouvir

exatamente o que eles falavam, mas creio que tenha ouvido o seu nome ser mencionado, querida cunhada.

Masha não parecia estar ouvindo, já que continuava olhando para o portão que levava para fora da casa, rumo à cidade.

— Está esperando por alguém, querida? — perguntou Fyodor. Masha balançou a cabeça.

Olga então foi até o jardim da casa. Anfisa segurava o braço dela.

— Abram caminho para a diretora! — disse Anfisa.

Irina, Masha e Fyodor aplaudiram quando a irmã se sentou à mesa.

— Parabéns, Olga — disse Masha. — Nós sempre soubemos que você deveria ser a responsável pela escola.

— Agora eu sei a quem pedir um aumento de salário! — brincou Fyodor.

Embora estivessem sorrindo, cada uma das irmãs sentia um peso no coração. Aqueles seriam os últimos

dias que passariam na casa da família. Irina ia se casar com o barão no dia seguinte e partiria para Moscou. A promoção de Olga significava que agora ela teria a própria casa, mais próxima da escola. Ela já tinha até pedido que Anfisa fosse junto com ela, temendo que, caso a empregada ficasse na casa com Natasha, fosse demitida em poucos minutos.

Masha e Fyodor continuariam na cidade, porém, ela não visitaria mais a antiga casa. Afinal, o lugar que um dia dividiram com os pais já não era mais deles.

Logo depois do incêndio, Andrey revelou que as dívidas de jogo que tinha contraído eram tão grandes, que ele havia hipotecado a casa. O que significava que aquele terreno já não era mais de Andrey e das irmãs, e sim do banco. Andrey estava tão envergonhado de sua fraqueza, que passava a maior parte do tempo trancado no escritório, deixando Natasha fazer o que bem quisesse.

Contudo, naquela mesma tarde, Andrey calmamente se juntou às irmãs no gramado a fim de comemorar a promoção de Olga e o casamento de Irina.

— Onde está Natasha? — perguntou Fyodor, o único que havia percebido a ausência dela na comemoração.

— Lá dentro, olhando amostras de papel de parede — respondeu Andrey. — Ela tem planos de redecorar a casa inteira, embora eu não saiba onde ela vai conseguir dinheiro para isso.

Olga jamais se afeiçoara à cunhada. Primeiro, pela maneira nada respeitável com que Natasha tratava Anfisa, e depois porque odiava a redecoração feita por ela no quarto dos pais deles.

— Imagino que ela vá começar pelo nosso quarto, não? — perguntou Olga, amarga.

Andrey suspirou.

— Olga, Irina, Masha... — disse ele. — Eu sei que a escolha de Natasha como cunhada não as agradou. Sei também que ela pode ser dura e teimosa, mas vocês precisam levar em conta que, apesar de todos os defeitos dela, eu a amo. E sempre amarei.

Masha estendeu a mão sobre a mesa e apertou a de Andrey. Ela sorriu com lágrimas nos olhos. Sabia como era amar alguém incondicionalmente. Sentia a mesma coisa em relação a Alexander.

CAPÍTULO DOIS

Depois de uma hora, Anfisa começou a tirar a mesa, sendo auxiliada pelas irmãs. A tarde deles tinha sido quase perfeita. Masha tentou esquecer que o batalhão partiria naquele mesmo dia, mas não conseguiu deixar de manter os olhos no portão, caso Alexander aparecesse para se despedir.

E, enquanto Fyodor equilibrava uma bandeja de prata e seguia Anfisa para dentro da casa, Alexander finalmente apareceu.

Irina e Olga caminharam um pouco para se sentar à sombra de um bordo. Elas estavam dando a Alexander e Masha tempo suficiente para se despedirem.

O amor entre os dois só tinha crescido desde o incêndio. Viam-se todos os dias. Às vezes, eles falavam sobre como suas vidas poderiam ter sido se tivessem se casado. Agora Alexander precisaria se mudar da cidade e Masha jamais o veria outra vez.

— Alexander, não consigo suportar a ideia — disse Masha, com lágrimas escorrendo pelo rosto. — Como serei capaz de seguir sabendo que nunca mais vou vê-lo?

— Você precisa — respondeu Alexander, acariciando o cabelo de Masha. — Assim como eu. Não tenho muito tempo, precisamos dizer adeus.

Alexander e Masha se beijaram, ainda que pudessem ser vistos por todos na casa. Naquele momento, Masha não se importava se o mundo inteiro descobrisse sobre o amor dos dois. Quando Alexander gentilmente

afastou Masha para ir embora,
Olga correu para perto da irmã e a segurou enquanto ela caía de joelhos, tamanho o desespero. As irmãs não perceberam que Fyodor se juntou a elas. E, ao sair do jardim, Alexander não olhou para trás.

— Minha querida Masha — disse Fyodor, estendendo a mão para a esposa. — Minha bondosa Masha. Já faz algum tempo que eu sei que você era mais feliz com Vershinin do que comigo. Eu não a culpo. Jamais mencionarei o que aconteceu aqui hoje. Podemos recomeçar nossa vida.

Masha olhou para o marido e piscou para conter as lágrimas. A maioria dos homens teria gritado de raiva e exigido que as esposas, no mínimo, deixassem a cidade, mas Fyodor não, ele era forte e gentil.

— Sim — ela fungou, pegando a mão dele. — Sim, Fyodor. — Masha sabia que, mesmo o marido não sendo o amor da vida dela, ela era o grande amor dele. E, por enquanto, isso teria que bastar.

Enquanto Masha se levantava com firmeza, as irmãs puderam ouvir a voz de Natasha vindo de dentro da casa. Um homem com um bloco de notas a seguiu até o jardim, rabiscando furiosamente.

— E essa fileira de bordos aqui deve ser cortada para que eu possa apreciar a vista — disse  ela, apontando para as árvores. — Conseguiu anotar tudo?

O homem assentiu e saiu apressado.

— O que você está planejando? — perguntou Irina, de forma educada.

Natasha sorriu de um jeito que demonstrava satisfação.

— Bem, como a Olga vai se mudar para a casa da diretora e você vai nos deixar amanhã, pensei em adiantar algumas reformas desde já.

As irmãs se entreolharam com tristeza. A mãe havia decorado a casa quando tinham se mudado para lá. Para eles, a casa era perfeita. Mas Natasha vinha planejando aquela reforma havia meses e, com as irmãs indo embora, aquele era o momento perfeito para colocar seus planos em ação.

— Pensei em mudar Andrey para o seu antigo quarto — disse ela se dirigindo a Olga e Irina. — Eu durmo muito melhor quando ele não está por perto. E então pretendo começar pela sala de estar. Ah, Olga, as suas roupas... Natasha olhou para Olga de cima a baixo. Ela vestia uma saia marrom, com bolsos fundos daquelas que as professoras usam para carregar giz.

Olga olhou para si mesma, confusa.

— Por enquanto tudo bem — continuou Natasha. — Mas quem sabe da próxima vez que tomarmos chá você possa escolher algo um pouco menos... sem graça. Ah, bem, mas suponho que seja um traje perfeito para uma diretora solteirona!

Natasha deu um sorriso maldoso para as irmãs e, alegre, voltou para dentro da casa.

CAPÍTULO TRÊS

Masha não queria nada além de voltar para a casa que dividia com Fyodor. E aquela sensação a surpreendeu. Foi um tipo de surpresa feliz. Estava cansada e furiosa com a atitude rude de Natasha. Masha se recusou a entrar na antiga casa para pegar suas coisas, deixando essa responsabilidade para Fyodor.

    Ao sair, Olga avistou uma figura familiar no portão. Era Chebutykin.

    — Minhas queridas! Ah, minhas queridas — disse o médico, sem

fôlego. Ele parecia ter corrido. —
Trago notícias terríveis.

— O que aconteceu? — perguntou Olga, alarmada.

— Quer um copo d'água? — perguntou Irina.

O médico respirou fundo antes de contar a história.

— Solyony desafiou o barão para um duelo — começou ele. Ao ouvir aquilo, Irina colocou a mão sobre o coração.

— Ele ficou com muita raiva ao saber que o barão ia se casar com Irina!

— Quando é esse duelo? — perguntou Irina, apavorada.

— Ele já aconteceu — respondeu o médico. — E o barão morreu.

A cabeça de Irina pareceu girar. De início, ela não acreditou nas palavras do médico. Talvez ele estivesse se sentindo mal ou até tivesse cometido um erro... Porém, bastou encarar o rosto do médico para saber que ele estava dizendo a verdade.

— Mas íamos nos casar! — exclamou Irina, caindo nos braços de

Masha. — É esse o meu castigo? Por eu não tê-lo amado como deveria!?

— Você o fez feliz — disse Masha, acariciando o cabelo da irmã e tentando manter a calma. — A culpa não foi sua.

Quando o sol começou a se pôr atrás dos bordos — árvores essas que Natasha mandara cortar — as irmãs se abraçaram. Elas sabiam que havia chegado a hora de partir.

— E agora? —suspirou Irina.

— Nós vamos continuar vivendo — disse Masha. — Nós somos fortes. Somos irmãs. Temos uma à outra.

Olga concordou.

— Você pode morar comigo, Irina, e me ajudar a dar aulas na escola — disse ela. — Podemos não estar felizes agora, mas vamos ajudar as crianças que ensinamos a serem felizes.

Irina concordou. Poucas horas atrás ela iria se casar e viver em Moscou, como havia sonhado. E agora seu sonho se desfizera. Porém, se Masha conseguiria viver sem o verdadeiro amor, Irina também poderia superar e continuar vivendo.

As irmãs se deram as mãos e viram o sol desaparecer no jardim da família pela última vez.

Coisas estranhas estão acontecendo em Moscou. Um gato falante fanfarrão anda só com as patas traseiras e uma bruxa charmosa de cabelos vermelhos voa pelo céu montada em uma vassoura. Woland, um mágico diabólico, apresenta-se no teatro com ingressos esgotados todos os dias. Será que o ilusionista está por trás de todas essas coisas esquisitas? E o que esses fatos têm a ver com um livro inacabado sobre Jesus e Pôncio Pilatos?

Os moradores de Moscou serão capazes de descobrir o que é verdade e o que não passa de uma mera história?